Kalina

Oder die Liebe zum Leben... -

2

Für Gabi Kretschmer

Unbedenken

Und unbedenklich
Leg' ich hier
Mein
Noch blutendes Herz
Auf den Tisch
Der Rede
Und denke,
Dass man mich
Dann besser verstehe
Als zuvor.

- Verteidigung der Freiheit -

Im Halbdunkel wacht Christoph auf und blickt benommen zögernd um sich:
Ein klinisch reines, aufgeräumtes Zimmer, ein paar Blumen auf den Nachttischen, und durch die kleinen Fenster ein Blick in den extra für die Patienten – daher etwas gekünstelt wirkenden – hergerichteten Park. Ab und zu betritt eine Schwester oder ein Pfleger das kleine Zimmer, um nach dem Rechten zu schauen.

Er erinnert sich: Vor etwa zwei Jahrzehnten war er nach Berlin gegangen, hatte studiert, mehr als nur der Ordnung halber, hatte seine Lebenslust durch diverse amouröse Abenteuer gestillt, doch warum – so fragte Christoph sich dann und wann – war er *eigentlich* hier? –
Flucht? Heimatsuche? Sehnsucht? Liebeskummer gar?
Bei näherem Hinsehen eine sinnlose Frage... -
[Oder einfach vermessen.]

Das Essen im Krankenhaus ist – wie üblich – mittelmäßig, immerhin konnte man zwischen den verschiedenen Mittelmäßigkeiten wählen, sogar vegetarische Kost ist darunter. Die Krankenschwestern sind professionell fürsorglich, sachlich um seine Gesundheit besorgt, und nur vereinzelt wird Christophs gerade in den letzten Zügen noch vorhandene Vitalität und Flirtlust herausgefordert. –
Bei der Visite wird ihm – was er auch selbst so empfindet – von einem Arzt gesagt, er hätte dringend Ruhe nötig. –

Seinen hochverdienten Urlaub während seiner Bundeswehrzeit ist Christoph nur sehr schwer zu planen imstande: Das Bahnticket ist schon gebucht, als er feststellen muss, dass sein Urlaubsantrag noch gar nicht eingereicht ist.

Die verordnete Ruhe im Krankenhaus tut ihm gut. Lesen, Denken, Schreiben und Arbeiten habe nun einmal Pause, müssen warten.

Im Nachtzug von Hamburg nach München belegt Christoph ein Bett im Schlafwagen, kann traumlos schlafen, da er einerseits sehr erschöpft ist, andererseits einen erholsamen Skiurlaub vor sich wähnt. –
München Hauptbahnhof. Menschenmengen winden sich die Bahnsteige entlang. Es ist laut und geschäftig.
Nach einigem Suchen: Umsteigen in den Zug nach Bozen.

Im Arztzimmer, in das Christoph nach einer kurzen Wartezeit hereingebeten worden war, fällt spärliches Licht auf den Schreibtisch des Arztes, der die Entlassungspapiere vor sich liegen hat.»Ich kann Ihnen nur nochmals raten, ...« -
Christoph hört nicht hin. Er registriert nur noch die halb gequält verzogenen Mundwinkel des Mannes in weiß, und wartet auf dessen Unterschriften.

Neben der obligatorischen körperlichen Ertüchtigung hatte Christoph immer wieder versucht, seiner Wehrdienstzeit positive Momente abzugewinnen, wie beispielsweise den in Selbstdisziplin verwandelten Zwang zur Disziplin, welcher einige andere Rekruten akademischer Provenienz zu brüskieren und zu echauffieren wusste.

Vor dem Haupteingang des Krankenhauses befindet sich in nicht allzu großer Entfernung eine Bushaltestelle.
Die Sonne scheint.
Christoph atmet auf.

Der Bahnhof in Bozen erschien Christoph altbacken und romantisch. Seine Wartezeit auf den kleinen VW-Bus, welcher ihn die letzte Strecke seines Weges nach Corvara transportieren sollte, überbrückte er in dem Bahnhofscafé. Er bestellte einen Espresso, nicht ohne die erotische Ausstrahlung der Kellnerinnen und

Kellner mitsamt deren ästhetischen Bewegungen zu bemerken... –

In seiner kleinen Wohnung angekommen, nur von einem etwas modrigen Geruch willkommen geheißen, lässt Christoph seinen Blick über seine Bücher, seine Gedanken über sein bisheriges Leben schweifen: Machte das alles eigentlich Sinn? Waren die Opfer, welche er seinem Körper ob eines geistig-kulturell orientierten Lebens zugemutet hatte, gerechtfertigt? –
Die Sonne scheint.
Die Pflanzen sind fast vertrocknet.
Im Bad türmt sich ein Stapel Wäsche.

Der Oberfeldwebel der Nachschubkompanie hatte einen kleinen Faible für Christoph: Dessen teils schelmische, teils intelligente Art schien es ihm angetan zu haben. Diesen talentierten Burschen musste er doch – auch in Anbetracht seiner zukünftigen Leistungsfähigkeit – trotz nicht ganz korrekter Bürokratie seinen Urlaub ermöglichen... –

Das nächste Semester in komfortabler Ferne erst erwartend, genießt Christoph die einsame Freiheit in seiner kleinen Wohnung. Seine Entscheidung für die Lektüre von Friedrich Nietzsche in den Semesterferien wird ihn nicht reuen. Diesmal steht dessen Text »*Vom Nutzen und Nachteil der Historie für das Leben*« auf dem Programm, welcher schon vor längerer Zeit Christophs Interesse hatte wecken können.

Gemächlich, aber bestimmt wurde das Gepäck der Reisenden in den VW-Bus gewuchtet, welcher die Passagiere den letzten Rest ihres Weges in das ersehnte Skidorf bringen sollte. Die Fahrt, welche still erwartungsvoll begangen wurde, verlief ohne Zwischenfälle über die Passstraßen Südtirols, ohne dass Christoph ein Wort an einen Mitreisenden verlor. Er war einfach nur erschöpft von seinen Staatsdiensten und gelobte sich, die wunderbar beeindruckende Atmosphäre der Dolomiten zu genießen, sein Herz mit ihr zu füllen.

Der fünfzehn Quadratmeter seines Appartements überdrüssig, begibt sich Christoph in den nahe gelegenen Park mit dem Lilienthaldenkmal. Hier findet sich eine rote Holzbank im Schatten unter Nadelbäumen, welche in den nächsten Wochen seiner Nietzsche – Lektüre Heimat bieten sollte.

Gebucht waren vierzehn Tage Übernachtung mit Frühstück in einer kleinen Pension in Corvara, Südtirol. –
Nach dem VW-Bus-Transfer in dem vom Tourismus lebenden Dorf angekommen, versuchte Christoph, sich zu orientieren. Gleißende Sonne, deren helles Licht durch den Schnee reflektiert wurde, erschwerte ihm den suchenden Blick auf die kleine Karte, welche ihm neben der Buchungsbestätigung postalisch zugestellt worden war. Endlich fand er sein Ziel: Eine kleine Hütte, als Einfamilienhaus sowie als Pension dienend, lag am Fuße jenes Berges, welcher den sportlichen Brettkünstlern adäquate Abfahrten und Pisten zu bieten hatte, abseits des Ortskerns mit

den vielen Hotels, Fremdenpensionen, Cafés und Diskotheken.

Während sich die Semesterferien ihrem Ende zuneigen, träumt Christoph weiter von vergangenen Tagen in Südtirol: Ebenso intensive wie ehrlich-offene Gespräche mit der Tochter des Hauses beim Frühstück, die zischenden Geräusche der mechanischen Espressomaschine auf dem Gasherd, danach das Präparieren seiner Ski mit Wachs und Bügeleisen auf der von der Sonne schon gut erwärmten Terrasse vor dem Haus. Jeder Tag ein erholsamer Gewinn! Der Schnee auf den Pisten hat noch gute Qualität, obschon die Frühlingssonne ihm schon ein wenig zuzusetzen vermag. Nachts ist noch Frost. Das Ergebnis: Sulzschnee. Abends liest Christoph. Seine Mutter hatte ihm zwei Bücher in den Koffer gesteckt: Eines über Feminismus, ein anderes über Philosophie in Italien, Mailand und Neapel, zwar ein wenig simplifizierend, jedoch sehr unterhaltsam geschrieben von einem ehemaligen Ingenieur.

Christoph fühlt sich keineswegs einsam während der Semesterferien. Im Gegenteil: Er genießt die Ruhe des in den Sommerferien nahezu menschenleeren Parks und nutzt sie für seine entspannte Nietzsche-Lektüre. *Vom Nutzen und Nachteil der Historie für das Leben* ist ihm sehr anregend, macht sehr nachdenklich, und ist ihm mehr als nur ein willkommener Ersatz für den täglichen Kontakt mit seinen Kommilitonen in dem Studentencafé. Lachen und nachdenklich bis traurig sein kann Christoph auch mit Nietzsche, dessen scharfsinnig-psychologisches Gespür ihn einmal mehr in den Bann zu ziehen vermag.

An einem der schönen Sonnentage seines Urlaubs in Südtirol hatte Christoph die Tochter der kleinen Pension überreden können, ihn auf seinen täglichen Ausflug auf die Skipisten zu begleiten. Sie hatte einen freien Tag, ohne Schule oder Job. An einer Gabelung entschieden sich die beiden, den jungfräulichen Tiefschnee abseits der planierten Pisten zu genießen. Gerade erst ein kleines Waldstück hinter sich lassend, erblickten sie ein weitläufiges Tal, an dessen Fuß einen kleine Holzhütte ihr einsames Dasein fristete. Gekonnt den Tiefschnee im Parallelschwung pflügend – jeder wollte dem anderen seine exzellenten Skikünste beweisen – näherten sie sich der Hütte. Unten angekommen, entschlossen sie sich zu einer Rast in der frühlingshaft wärmenden Sonne vor der Hütte. Ski und Stöcke in den Schnee gesteckt, ließen die beiden sich auf einem Holzabsatz nieder, um die nahezu unberührte Natur hier zu genießen: Keinerlei Geräusche von Liftanlagen oder andere Skiläufer störten die Idylle, das Tal der Lichtung, auf der die Hütte gebaut war, sah sich nur umsäumt von wenigen kleinen Nadelwaldstreifen, einzig der Blick auf das Bergpanorama ringsumher erinnerte daran, dass man sich in einem Urlaubsort in Südtirol befand.

Das Semester beginnt.
In den Seminaren des Hauptstudiums, welche Christoph besuchen wird, stehen ernste und schwierige Themen zur Debatte.
Der kumpanenhaften Gesellschaft seiner Kommilitonen in dem Studentencafé sollte er dieses Semester überdrüssig werden. Seine dadurch wiedergewonnene Freiheit genießt er aufatmend bis melancholisch. Nur noch schemenhaft mag er die feuchtfröhlichen Disputierabende freitags mit Paula in dem Café erinnern. Diese waren nun Geschichte.

So schön, erholsam, inspirierend und betörend der Urlaub, so melancholisch schwer der Abschied: Christoph hatte sich von Erika einen Ring als Andenken erbeten, ebenso wie die Verabschiedung am Bus nach Bozen. Erfüllten Herzens winkten die beiden sich lange noch zu, damals in den Dolomiten... –
Seit dieser Zeit prangt ein Ring am kleinen Finger Christophs rechter Hand, welcher zwar einige Male ob des Verlustes erneuert werden musste, jedoch –

als Symbol – im Grunde seines Herzens ihn an diesen für ihn ausschlaggebenden Urlaub erinnern sollte.

Plötzlich wieder hellwach wie in seinen besten Zeiten registriert Christoph das Klicken der Handschellen der Einsatzmänner, welche seine Hände auf dem Rücken zusammenschnüren. Der Party seiner Freigeisterei, seines Esprits und seines Künstlertums scheint nun endgültig ein Ende gesetzt. Sein bürgerliches bis vornehmes Gehabe hatte ihm nichts genutzt. Christoph war zu einem Geächteten der Gesellschaft entartet. –

Ruhe *in* der Großstadt? Das war vermessen. Ruhe *von* der Großstadt? Ein frommer Wunsch... –

Während der Fahrt mit dem Krankenwagen in die Klinik unterdrückt Christoph seine Wut, versucht nicht zu toben, obwohl er sich irgendwie doch im Recht glaubt. Die Pfleger sind halt stärker... –

Nach einigen nicht immer angenehmen Erlebnissen in Berlin tritt Christoph eine Surf-Reise nach Italien an. Er fährt einen schwarzen Honda Civic S, mit 71 PS und der Spitzengeschwindigkeit 160 km/h. Für damalige Verhältnisse war das schon ein flottes Gefährt. Oben auf dem Dach hat er ein pinkfarbenes Surfbrett geladen, welches ihm schon auf den Gewässern der schleswig-holsteinischen Ostsee als Lehr- und Übungsgerät gedient hatte. Er fährt zunächst nach Corvara in Südtirol, Ladinien, einem interessanten leicht germanisch getünchten Landstrich in Italien, da er einst zu Deutschland gehörte und viele Menschen dort noch gut Deutsch sprechen. Nach der langen Autofahrt dorthin in die Nacht hinein findet er in dem Urlaubsort kein Quartier mehr, so entschließt er sich zu einer Übernachtung im Auto.

Angekommen auf der geschlossenen Station, regt sich Widerstand in Christoph: Gab es noch eine Möglichkeit, dieser unwirklichen Situation zu entkommen? Hatte sein Freiheitsdrang eine letzte Chance? Er tobt, schreit, versucht sich der fesselnden Griffe der kräftigen Pfleger zu entledigen, ihnen zu entfliehen. Vergeblich. –

Eine Straße den Berg hinauf, welche ins Nirgendwo führte, sollte Quartier bieten für seine Nächtigung im Freien, einzig Christophs Automobil sowie eine von der Rückbank gegriffene Decke boten Schutz vor der klirrenden Kälte der alpinen Umgebung.

Eine klein gewachsene, aber kräftig gebaute Frau mit Springerstiefeln und kahl geschorenem Haupt beobachtet die Szene.
»Fickt euch doch alle!« - Beinahe hätte sie die Pfleger tätlich angegriffen, so aufgebracht war sie. – Die restlichen Patienten der Station gaffen leicht benommen aus dem Hintergrund.

Am nächsten Morgen, aufgeweckt durch Kälte und Vogelgezwitscher, wäscht Christoph sich spartanisch in dem Gebirgsbach neben der kleinen Straße. So erfrischt und guter Dinge, fährt er zurück in den kleinen Ort, um einen Blumenstrauß einzukaufen, welchen er neben der extra aufgenommenen Kassette

(Al Jarreau war damals gerade in Mode) den beiden Frauen als kleines Gastgeschenk zu überreichen gedachte.

»Lasst ihn in Ruhe! Ich kenne ihn. Er ist ein Künstler!« –
Zu spät: Die kräftigen Pfleger wuchten Christoph auf das Krankenbett, fixieren ihn und geben ihm die für solche Fälle vorgesehene Beruhigungsspritze.
Kalina heult und schluchzt.

Die Wiedersehensfreude war groß und herzlich, die Überraschung von Christophs Besuch gelungen. Nach seiner Einquartierung in das kleine Haus am Berg erklomm Christoph am nächsten Morgen die Berge mit einiger Anstrengung und wanderte sie hernach erleichtert wieder hinab, nicht ohne sich dessen zu erinnern, dass er sie einst als Skiläufer komfortabel mit dem Lift hinaufgefahren war, schaute herunter auf die grünen Hänge und gedachte der Zeiten, in denen er sie als flotter Brettkünstler hinuntergesaust war. Drei Tage verweilte Christoph in dem schönen Urlaubsort der italienischen Dolomiten.

Woher kannte Kalina Christoph?
War sie eine von den vielleicht nur scheinbar lesbischen Frauen, die, als er blutend am Boden lag, an ihm vorübergezogen waren? Ihr Äußeres passte gut dazu. Woher aber dann ihr plötzlich erwachtes enthusiastisches Mitgefühl?

Nach dem kurzen Zwischenstopp führte Christophs Weg ihn weiter an den Gardasee. Die Alpen verlassend, steuerte er seinen Honda Richtung Süden, wo der Gardasee auf ihn wartete, und Christoph fühlte sich unendlich frei und nahe dem *nirvana*, fuhr die Serpentinenpässe hinunter, eine Sonnenbrille im Gesicht, den Ellenbogen aus dem Fenster seines schwarzen Civic gelehnt, schöne Musik hörend. Endlich, in der Abenddämmerung, kam der ersehnte See in Sicht, und auf einem kleinen plateauähnlichen Parkplatz machte er kurz Halt, um den imposanten Eindruck des vor ihm im Tal liegenden Gardasees photographisch festzuhalten. Diesem See wollte Christoph sich in den kommenden drei Wochen widmen, mit ihm spielen, ihn kennen und lieben lernen, ihn bezwingen, ohne jemals den Respekt vor ihm zu verlieren.

Ein paar Wochen später, Kalina und Christoph sind derweil aus der Klinik entlassen, besucht er sie in einem Übergangswohnheim. Die letzten

Taler zusammenkratzend, wandern sie zu einer nahe gelegenen Tankstelle, um sich mit Getränken für den Abend zu versorgen. Zurück im Übergangswohnheim, platzieren sie sich im dunklen Garten an einen Tisch. Die drei billigen Biere genießend, beginnen sie sich aus ihrem Leben zu erzählen: Kalina hätte einen Onkel in Israel, den sie auch schon einmal besucht hätte. Christoph hört aufmerksam zu, nicht ohne zu versuchen, sich ein Bild von dieser interessanten Frau zu machen, um dann im Gegenzug aus seinem Leben zu berichten: Wie er vor etlichen Jahren nach Berlin gezogen war, hauptsächlich um zu studieren, dann dem Charme dieser Stadt ein wenig erlag, Schönes und Böses erlebt hatte, *letztlich jedoch an die Universität zurückgefunden hatte... –*

Mediterrane Villen, der Tennisplatz vor einem Hotel und sogar ein paar Palmen sorgten für ein südländisches Flair im kleinen Torbole, dem Mekka der Windsurfer am Gardasee. Christoph indessen macht sich auf die Suche nach einem geeigneten Campingplatz, nahe am See, nicht zu luxuriös und teuer. Fündig geworden, campiert Christoph dann mit einem kleinen Zelt unten am See. Das Zelt ist schnell aufgebaut, die Luftmatratze aufgeblasen, nur die Surfausrüstung macht ihm noch einige Mühe. Vom Tageswerk ermattet, den nächsten Tag frohlockend vor Augen, schläft er zufrieden und traumlos.

Kalina erzählt weiter: In einer dunklen Nacht war sie, gerade mal zwei Lenze zählend, mit ihrer Mutter in einem Automobil aus Polen nach Berlin geflüchtet. Voller Angst jammerte sie die Mutter an: »Mama, wo sind wir?« – »Wir sind in West-Berlin!«

Am frühen Morgen, ein Nordwind, genannt *vento*, entfaltet gerade seine Kraft, macht sich Christoph auf, seine sportlichen Fähigkeiten auf dem See zu erproben und zu genießen. Hier konnte er eine gute Zeit verweilen, den Wassersport besser lernen und begreifen, sich fern von Berlin Wind und Wasser hingeben, möglicherweise sogar einen nicht unwesentlichen Teil von sich selbst finden... –

Kalina weiter: Der Besuch der Kita, aus dem ihr akzentfreies Deutsch erwuchs, ihre Jugend, die manchmal vierzehntägige Abwesenheit von

Elternhaus und Schule, welche sie mit Punks in Parks verbracht und genutzt hatte, die Geburt ihrer Tochter, immer wieder aber: Sehnsucht nach und Lust auf *Leben*... –

Am Mittag dann: Windstille.
Pause.
Siesta.
Auch auf dem See.

Zögernd öffnet Christoph sich Kalina im Halbdunkel des Gartens, breitet sein Leben vor ihr aus: Warum gerade Berlin, warum die Flucht vor seinen Eltern, warum studieren? –
Ohne Überschwang kommen sich die beiden näher, entwickeln ehrliche Sympathie

füreinander, unternehmen den Versuch, sich zu verstehen... –

Nachmittags dann der Südwind, die *ora*, ebenso kraftvoll wie der vormittägliche *vento*. Christoph lernt den Sport des Windsurfens immer besser kennen und lieben, er vermag nahezu mit seinem Sportgerät zu verschmelzen... –

Von nun an häufen sich Christophs Besuche bei Kalina im Übergangswohnheim. Die fünf Kilometer dorthin sind mit dem Fahrrad schnell bewältigt, und sind ihm ob der willkommenen sportlichen Betätigung keineswegs lästig. Die beiden essen und trinken zusammen, erzählen, machen Scherze. Einzig Einschränkungen und Regeln seitens der dort angestellten Betreuer und Sozialarbeiter vermögen Kalinas und Christophs gute Stimmung zu schmälern... –

Zurückgekehrt nach Berlin, ist Christoph derart beeindruckt von seinen Erlebnissen am Gardasee, daß er kaum sprechen kann. Ihm fehlen buchstäblich die Worte. –

Benommen, aber durch eben diese Benommenheit wiederum auch beruhigt, erinnert sich Christoph:
Es war einmal in einer schönen Zeit, da fuhr er täglich mit dem Fahrrad zur Freien Universität, und besuchte so manches Mal eine Buchhandlung auf seinem Rückweg, um ein Fachbuch zu bestellen, wenn es das Portemonnaie erlaubte, oder um einfach mal in der Vielfalt der Bücher zu stöbern. Da kam er ins Gespräch mit einem ebenso pfiffigen wie netten Buchhändler, Herrn G., der ihm über die Welt der Bücher Auskunft geben konnte, was Christoph mit seinen Erfahrungen an der Uni zurückzuzahlen vermochte: Eben dass es auch noch in der Wissenschaft einen Zeitgeist gäbe, dass Christoph, der sich auf der Suche nach einer endgültigen

Wahrheit befand - darum etwas enttäuscht wäre. Nach einer zwei- bis dreijährigen Pause der Besuche in der Buchhandlung – er hatte den ebenso misanthropischen wie bequemen Weg der Internet-Bestellung gewählt – tauchte Christoph einmal wieder in der Buchhandlung auf, und, siehe da, Herr G. begrüßte ihn mit dem Worten: "Guten Tag Herr Fuchs, wie geht es Ihnen?" – Er kannte ihn also nach Jahren immer noch... –

Nun, ermutigt durch die freundschaftliche Begrüßung, ging Christoph zum Erwerb von Büchern wieder regelmäßig in die Buchhandlung, nicht zuletzt, um den spitz- bis lausbübischen Esprit des Herrn G. zu genießen. Einst wollte er sich ein buddhistisches Buch anschaffen, und traf in der Buchhandlung Herrn G. an. Christoph nannte ihm für die Bestellung Autor und den Titel »Egoismus besiegen«. Da schaute der ihn nur schelmisch an und fragte: "Warum?"... –

Beim nächsten Besuch kratzt Kalina ihr letztes Geld zusammen, und fragt Christoph:

»Kommst Du mit?« -

»Wohin?« -

»'N Bier trinken bei Kaiser's.«

»Okay.«... –

Schweigend, Hand in Hand, machen die beiden sich auf den Weg zu dem nahe gelegenen Supermarkt. Christoph bekommt eine Flasche Bier ausgegeben, Kalina wählt ein Radler. Draußen vor dem Markt setzen sie sich auf einen Kantstein vor dem Parkplatz, und genießen ihre soeben erworbenen Getränke.

Nach einiger Zeit verlässt ein gut bis sehr gut gekleideter junger Mann den Supermarkt, zwei große, bis zum Rand gefüllte Einkaufskisten tragend.

Kalina und Christoph beobachten:

Der junge Mann in der dunkelblauen Anzughose mit weißem Hemd erreicht sein Auto, einen großen Audi Kombi, und verstaut seine Einkäufe im Heck des Wagens.
Schelmisch bis verschmitzt zwinkert Christoph Kalina zu: »Meinst Du, der ist glücklicher als wir?«

War das schon alles, was Christoph in den vergangenen Jahren erlebt hatte? Was war aus seinem Studium geworden? Was war geblieben von all seinen Affären? Köstliche Erinnerungen oder nur Protzerei und Angeberei?
Seine Amnesie hinterlässt Spuren... –

Die kleinen Ausflüge in den Innenhof des Spitals vermögen Christophs ekstatischen Geist zu beschwichtigen: Ein kleiner Springbrunnen, umsäumt von Rosensträuchern, gibt ihm sein ästhetisches Wohlgefühl zurück, welches er hier in Berlin gesucht und zwar selten, aber immerhin auch erlangt hatte.

Die Kopfwunde schmerzt. Lockere Gespräche mit ebenso rauchenden Mitpatienten, welche ihn dennoch nicht wirklich kennen und erkennen, lindern seine Schmerzen.

Nach einer durchzechten und durchtanzten Nacht bei Christoph zu Hause nestelt Kalina an seinem Tabakbeutel herum, schaut sich verschlafen in der Wohnung um. Nach einem sinnierenden Blick aus dem großen Fenster schreibt sie ein paar Zeilen auf ein Stück Papier. Mit vielsagendem Blick überreicht sie Christoph den kleinen Zettel. Er darf lesen:

»Wie soll ich Dich lieben, wenn ich Dich liebe?« - Christoph ist konsterniert, verstummt entzückt, und lächelt sie an: »Danke!«

Was war noch geschehen, seit Christoph das Bewusstsein verlor? – Ein wenig krampfhaft versucht er, sein bisheriges Leben zu resümieren: Ja, er hatte sein Studium abgeschlossen, dann nach einer Weiterbildung versucht, eine Arbeit zu finden, diese auch bekommen, dann aber war er entlassen worden... –

Einen Monat später, ihre leidenschaftliche Affäre bekommt langsam Risse und Brüche, fällt Christoph seine Antwort ein:

»Wie willst Du mich lieben, wenn Du mich nicht kennst?« -

Eine wirklich genesende Ordnung will sich nicht einstellen, dazu die Anforderungen des täglichen Lebens, welche sich ihm das eine ums andere Mal als unüberwindliches Hindernis auf dem Weg zu seinem eigentlichen Selbst darstellen. Was war das überhaupt: Das »*eigentliche Selbst*«? ... –

Hat Christoph seine Antwort Kalina je mitgeteilt?

Wenn ja, wie hat sie reagiert?

Sie malen weiter.

Trinken, tanzen.

Die Vergangenheit zählt nicht, hat keinerlei Gewicht.

Im Callcenter findet Christoph endlich eine Beschäftigung, welche ihm neben einer gesellschaftlichen Integration ein gehöriges Einkommen verschaffen sollte: Die von Vielen so geschmähte Geisteswissenschaft zumindest für eine Weile verlassend, telefoniert er nun acht Stunden täglich. Frühes Aufstehen, Morgentoilette, Fahrt zur Arbeit, Einloggen am PC, dann das Funktionieren als Sprechmaschine, welches ihm ob eines gewissen Praxisdurstes recht leicht fällt. –
Mit der Gemächlichkeit von Philosophie hat das weniger zu tun... –

Kalina malt ein Bild.

Beschwingt vom Alkohol und dem Duft der Ölfarben macht sie sich daran, Konturen und Farben einer Lilie auf den Karton zu bannen.

Die Leinwände sind aus.

Kein Geld.

Vor der geöffneten Balkontür auf dem Boden kauernd, verleiht sie ihrer Leidenschaft Ausdruck.

Christoph spürt genau: Jetzt nur kein falsches Wort, keine unzulängliche Geste, keine falsche Musik, schon wäre alles dahin... –

Die Visite des Arztes verläuft relativ reibungslos: Die Kopfwunde ist in Heilung begriffen, andere körperliche Unpässlichkeiten erscheinen marginal, dennoch die Ermahnung vom Arzt, weniger zu trinken und zu rauchen. – Was soll das? Will Christoph eher lang oder intensiv leben? –

Die Schwestern sind dagegen etwas höflicher, goutieren sein Charisma und seinen Charme, teilen seine hedonistische Lebensfreude. Christoph fühlt sich hier im Spital gut aufgehoben.

Das Bild ist fertig.

Christoph ist stolz.

Kalina eher unzufrieden, wie immer.

Demut und Perfektionismus kennzeichneten ihren Charakter, hinzu gesellte sich eine gesteigerte Sensibilität, welche nur selten ihren künstlerischen Ausdruck finden konnte.

Sie rauchen zusammen eine Zigarette und trinken Wein.

Ein bestimmtes Projekt im Callcenter hat es ihm besonders angetan: Die so genannte »Verteilerkontrolle« für ein Berliner Wochenblatt. Hier sollte telefonisch herausgefunden werden, ob und wie die kostenlose Wochenzeitung (ob deren Finanzierung auch »Anzeigenzeitung« genannt) denn auch anständig verteilt wurde. Anzurufen waren private Haushalte, welche nach dem Erhalt besagten Blattes zu befragen waren. Hier kam es schon einmal zu schönen und rührenden Erlebnissen, wenn beispielsweise eine Rentnerin ihre Freude darüber bekundete, dass sich endlich einmal jemand um das ordnungsgemäße Austragen der Wochenzeitung kümmerte, welche ihr neben dem Verzeichnis der Notdienste der Apotheken auch ein kostenloses Wochenhoroskop zu bieten hatte... –

Kalina und Christoph fahren viel Fahrrad.

Einmal, nach einem Einkauf, machen die beiden sich auf den Weg in einen nahe gelegenen Stadtpark. Der liegt genau auf der Mitte zwischen Christophs Wohnung und der Bleibe von Kalina. Schwungvoll freut er sich: »Oh, ja,

Biertrinken im Park, bis die Polizei kommt!« – *Kalina stimmt schweigend zu.*

Einer seiner Mitpatienten gesteht Christoph seine Alkoholsucht: Er würde meistens über die Maßen trinken, hätte Kontrollverluste, und eben dadurch finanzielle ebenso wie soziale Schwierigkeiten... –
Christoph hört betroffen zu... –
Die Ärzte klassifizieren meistens allzu schnell, das spürt er in den verzweifelten Beichten seines Genossen auf Zeit, ohne auf Sensibilitäten oder Individualitäten ernstlich einzugehen: Was sie interessiert, scheint ausschließlich die Diagnose zu sein, nicht der Mensch an sich oder als Individuum, dafür haben sie keine Zeit.

Die Schatten von Christophs Amnesie lichten sich: Nach seinem Sturz auf dem Weg zu dem nicht erreichten studentischen Treffen mit Paula und Holger war sein Geist noch freier geworden. Es war wie ein kathartischer Unfall: Frei geworden von den teilweise befreienden, teilweise jedoch auch beschränkenden Zwängen des studentischen Zusammenlebens, war Christoph nun in der Lage, in neu gewonnener Freiheit der Wissenschaft zu frönen. Es zählen für ihn fortan nur noch alte philologische Autoritäten und Professoren. Auch das heimelige und einst so geliebte Studentencafé ist für Christoph mittlerweile Tabu.

Die Ärzte mahnen, da zu Christophs Kopfverletzung noch eine Lungenembolie hinzugekommen war: »Sie sollten besser auf sich aufpassen, und ein wenig gesünder leben!« »Ja, aber, was, wenn mir mein psychisches Überleben wichtiger ist als mein physisches?« Die Ärzte schütteln verständnislos ihre gebildeten, wohlmeinenden Köpfe. – Seinen Enthusiasmus, sein Charisma und seinen Lebensdurst würden sie wohl nie verstehen... –

Clara indessen pflegt Christoph geduldig, unterstützt ihn auf seinem Weg ins Berufsleben, was er ihr mit ein paar handwerklichen Kleinigkeiten und der Beschäftigung mit ihrem Sohn zurückzuzahlen imstande ist. Eine sachliche Romanze... –

Im Spital: Christophs Genesung schreitet voran. Er hält sich – ein wenig widerwillig, doch einsichtig – an die Anweisung der Ärzte und Schwestern, wobei er mit letzteren gelegentlich auch ein wenig flirtet.

Ein Klassentreffen: Lara, die es organisiert hat, fährt in einem Cabrio vor, und betört die Anwesenden mit einer Abi-Zeitung. Am Tisch beim Essen: Der eine Kollege ist Rechtsanwalt geworden, der andere Pilot. Christoph eben nur Geisteswissenschaftler. Und nun eine Sprechmaschine, gut bezahlt... –
Die alten Lehrer verfangen sich in einen philosophischen Streit: Wer denn die Schüler mehr gequält hätte, und wer sich in der philosophischen Argumentation ins Abseits stelle... –
Nach dem Essen: Lara fordert Christoph zum Tanz auf. Christoph verneint. Er ist nicht in Stimmung. Lieber bleibt er bei den philosophischen Lehrern, welche ihm mehr Sicherheit verbürgen als die verführerischen Träume eines weiblichen Charmes zu versprechen vermochten. – Er verweist sie auf

einen Namensvetter, der die Einladung zum Tanze dankbar annimmt. Im Tanze, den Christoph aus der Ferne von seinem sichern Platz bei den Philosophen beobachtet, drehen die beiden sich immer schneller, und in diesem Wirbel fixiert Lara immer wieder Christophs Blick, wie, um sich festzuhalten, und hält den wilden Drehungen des Tanzes – vielleicht eben dadurch – stand. Dann, quasi um sie zu foppen, wendet er seinen festen Blick von ihr ab, verweigert ihr – spaßeshalber – seine visuelle Protektion. Und siehe da, plötzlich, durch die Wildheit des enthusiastischen Tanzes verliert sie samt dem anderen Christoph das Gleichgewicht, und stürzt. Nicht aber ihre humoristische Contenance: Lara sucht lachend den wiedergewonnenen Blick zu Christoph, der – ihren festen Blick erwidernd – ob dieses Events ebenfalls herzhaft lacht...

Die Krankenschwestern im Spital ermahnen den dahinsiechenden Christoph gleich den Ärzten zu einer gesünderen Lebensweise, jedoch – anders als die Ärzte – mit einem wohlwollendem Augenzwinkern. Sie scheinen ein wenig mehr von ihm verstanden zu haben, als diese brutalen Diagnostiker... –

Trotzdem rieten sie ihm davon ab, immer so in seinen Vergangenheiten zu schwelgen, scheinbar hatten selbst sie keinen Sinn und keine Ahnung von echter Romantik... –

All dies ist Christoph plötzlich erinnerlich. Er wacht auf. Seine Amnesie schwindet.

Eines Tages hatte Christoph damit begonnen zu zeichnen. Der vielen Texte seines gerade vor zwei Semestern wieder neu aufgenommenen Studiums überdrüssig, sucht er nach neuer herausfordernder Beschäftigung. So zeichnet er Kugeln und Striche, fein mit Bleistift und Buntstift schattiert, was ihm schon zu Schulzeiten willkommene Meditation hatte bescheren können. Er zeichnet abstrakt, denn einerseits kann er es nicht anders oder besser, andererseits ist sein Credo, man könne auch gute Fotos machen, wenn man Natur abbilden wolle. Daher lehnt er Fotorealismus vehement ab.

Lara hatte ihre künstlerischen Spuren bei Christoph hinterlassen... –

Die Ärzte des Spitals sehen – ob des Nachlassens seiner Amnesie und der Heilung seiner physischen Verletzungen – Christophs Entlassung vor, jedoch nicht ohne ihm eine andere, gesündere Lebensweise anzuempfehlen. Seine psychische Gesundheit, seinen Freiheitsdrang und seine künstlerischen Ambitionen scheint sie nicht sonderlich zu interessieren... –

Lara indessen wusste Christophs aufkeimenden Charakter mitsamt den dazugehörigen Capricen einfach zu tolerieren und zu unterstützen, schon seinerzeit in den lockeren Unterredungen auf dem Raucherhof des Gymnasiums.
Sie war eine sehr großzügige Frau... –

Ein Jahr nach dem Anfertigen der ersten Skizzen mit Bleistift und Buntstift schafft sich Christoph einen Ölmalkasten und eine Staffelei an, um – bei seiner Mutter in der Kellereinliegerwohnung in Blunk (Schleswig-Holstein) – mit Musik von Paolo Conte und viel Bier seine ersten Gemälde in Öl anzufertigen. Es entstehen »Die absolute Ruhe«, »Zeit« und »Der Leerstuhl«. Christoph fühlt sich inspiriert von Mondrian, Kandinsky und vor allem von Vincent van Gogh. –

Aus dem Spital entlassen, wieder zu Hause, macht sich Christoph an die Arbeit: Wissenschaftliche Hausarbeiten anfertigen, Gedichte und Aphorismen verfassen, und –

nicht zuletzt – die Weiterführung der sachlichen Romanze mit Clara. Es war immerhin – neben dem Studium – ein Kind aufzuziehen... –

Oft hatte Lara ihn gefragt: »Weißt Du denn schon, was Du später einmal arbeiten willst?«
Nein, Christoph wusste es nicht.

Nach vehementem Streit mit seiner Mutter schafft sich Christoph eine kleine Staffelei an, um in Berlin in seiner 15 qm – Wohnung weiter und ein wenig unbeschwerter zu malen. Es entsteht zunächst ein Bild von stilisiertem Efeu mit dem Titel »*Abschied aus Blunk*«, mit dem er seinem Zorn Luft zu machen versuchte, der sich im Streit mit der Mutter aufgestaut hatte.

Warum war Christoph hierher gekommen? – Berlin: Selbstverwirklichung, gesunder Narzissmus, aber auch eine gewisse Willkür und damit einhergehende zügellose Triebbefriedigung... –

Das Malen in Öl: Christophs Bilder erschienen den Betrachtern immer ein wenig seltsam, jedoch verriet sein dick aufgetragener Pinselstrich, welcher ein wenig ungelenk daherkam, immerhin Charakter sowie Leidenschaft der Farben und auch den philosophischen Gehalt seiner Bilder.

Die Gäste der Grillfeier auf der Datsche begannen, in ihren Gesprächen ein wenig zu philosophieren. Christoph, der Philosophie im Nebenfach studierte, nahm sein Bier, und gesellte sich zu dem Grillmeister aus Sachsen, um in die funkelnde Grillkohle zu schauen und ein wenig zu meditieren.

Jener wendete Würste und Fleisch und fragte ihn neugierig: »Na, Christoph, was hältst *Du* davon?« – »Ein Wasserfall macht auch Geräusche!« Der Grillmeister lachte herzhaft. –

Die gleißende Sonne verbrannte das Kornfeld ebenso wie die letzten Nervenzellen seines immerzu wild pochenden Hirns. Wandernd, seine kleine Staffelei und den Malkasten im Gepäck, durchquerte er verschiedenste Landschaften: Moore, Birkenhaine, Kiefernwälder, und immer wieder seine geliebten Kornfelder. Er setzte sich ruhig auf seinen kleinen Malhocker, stellte seine Staffelei auf und zückte seine Palette, auf der er in aller Ruhe die Farben zu mischen begann. Er roch, nahezu süchtig geworden, an dem Terpentin, der Leinölfirnis und seinen Ölfarben auf der kleinen Palette. Kadmiumgelb, Krapprot, Englischrot hell, Ultramarin dunkel, Schwarz und Weiß. Es konnte losgehen.

So begann er die Leinwand mit seinen geliebten Farben zu betünchen. –

Im Raucherraum der Station 4 hüpft eine junge Frau durch den Raum. Immer auf der Suche nach vitalen Menschen, welchen trotz der obligatorischen Medikamente noch etwas von Lebenskraft und –mut geblieben war, genießt sie die vielen anregenden Gespräche.

Christoph nimmt sich viel Zeit, vor dem Anfertigen eines Ölgemäldes Studien mit Bleistift zu machen. So gewappnet erst überlegt er die Farbauswahl, um dann mit dem Mischen der Ölfarben zu beginnen: Ein Gelb, welches hier in

Weiß, dort in Schwarz schattiert wird, stellt eine Vase dar. Die Wand dahinter wird graugrün.

Ihr Name ist Kalina. Jeden Mitpatienten, dessen Antlitz ihr sympathisch erscheint, spricht sie freundlich an, dürstend nach Menschlichkeit.

Seine Malerei war Christoph nicht nur zu einer schönen Gewohnheit geworden, nein, sie war Entspannung, Meditation und Gottesdienst in einem. Über die Ansprüche einer therapeutischen Beschäftigung hinaus hatte er seine Pinselstriche derart diszipliniert, dass künstlerisch-philosophische Werke hatten entstehen können.

War Christophs Begegnung mit Kalina Zufall? Schicksalhafte Fügung? Eine Liebe auf den ersten Blick? Dass auch sie leidenschaftlich malte, sollte sich erst später herausstellen.

Die Ölkreidenskizze aus der Tagesklinik wollte in Öl gemalt sein: Brauntöne dominierten das Bild mit der Kirche, deren Turmuhr keine Zeiger hatte, aus einer Kugeluhr waren die Zeiger gerade herausgefallen, und eine Zeitmessmaschine – eine schiefe Ebene, auf der eine kleine Kugel rollt – waren Motiv gewordene Philosophie über »Zeit«.

Zurückgekehrt von seinen Wanderungen in den Kornfeldern, findet Christoph Kalina in seiner Wohnung vor. Sie kauert auf dem kleinen Balkon vor einer Staffelei. Konzentriert auf zwei Tropfen aus Ölfarbe auf einer kleinen Pappe, spricht sie kein Wort. Nicht einmal seinen Gruß erwidert sie, von einem kleinen Gespräch ganz zu schweigen.

Was Christoph nicht bemerkt: Den Hintergrund sämtlicher Vasenbilder bildet eine Raumlinie, welche sich von links unten nach rechts oben flüchtet. Sie scheint einen lebensfrohen Optimismus ausdrücken zu wollen: Es geht immer aufwärts. –

Die Hände voller Farbe, genießt Kalina nach getaner Arbeit an dem kleinen quadratischen Tisch sitzend den Bessen Jenever, dazu eine selbstgedrehte Zigarette. Die Zufriedenheit nach der Fertigstellung des Bildes hatte ein Lächeln auf ihr Antlitz zaubern können.

Jahre später macht ein Besucher, der offen für Christophs Kunst ist, ihn auf dieses Charakteristikum aufmerksam: »Schau, diese aufsteigende Linie im Hintergrund kehrt in Deinen Bildern immer wieder. Immer, wenn Du eine Vase gemalt hast, ist da diese aufsteigenden Linie im Hintergrund.« - »Ja, wo Du es jetzt sagst... – Und jedes Mal, wenn ich wütend war oder mein Temperament mich zu ersticken drohte, geriet die Linie steil. Wenn meine Stimmung dagegen ruhig und entspannt war, beschrieb sie einen viel flacheren Winkel.«

Das Telefon klingelt. Es ist Nicole, die gottlose Biologin, welche eine Einladung zu einem Grillfest ausspricht.

Wenn sie nicht gerade malt, tanzt und zecht Kalina mit Christoph die Nächte durch, nicht ohne ihn an die Direktheit in ihrem Wesen, ihr leicht polnisch geprägtes Charisma und ihren jungen Körper zu gewöhnen... –

Christoph malt wieder. Er versucht sich an einer Eule: Ein weißer Hintergrund, schwarz-gelbe Augenbrauen, zwei an ihren Rändern blau schattierte Kugeln als Augen, ein auf dem Kopf stehender roter Tropfen als Schnabel und ein nach oben gekrümmter orangener Halbkreis als Bauch.

Mitten in der Nacht klingelt das Telefon. Kalina macht den Vorschlag, sich zu treffen und spazieren zu gehen.

Christoph beschreibt Nicole das gerade fertiggestellte Gemälde in allen Einzelheiten am Telefon.
»Bist Du zufrieden mit dem Bild?«, säuselt sie.
»Äh, ... – ja.«
»Wenn Du zufrieden bist, bin ich auch zufrieden.«, entgegnet Nicole schnell.
Christoph beschließt, ihr das Bild zu schenken.

Nach dem Essen – Nicole trägt ihre Haare offen – macht sie den Vorschlag, sich gegenseitig zu skizzieren. –
Christophs Skizze misslingt.
Nicole lehnt sein Geschenk – das Bild mit der Eule – ab.

Kalinas Wesen war spontan und emotional, manchmal bestimmend. Wenn sie dies einmal nicht ausleben konnte, verstummte sie kurzerhand und übte sich in schweigendem Widerstand. Christoph seinerseits vermochte diesen ihren Charakterzügen Raum zu geben. Das zog sie immer wieder zu ihm, einerlei, was die beiden dann miteinander anzustellen wussten. Liebe, Freundschaft, Kumpanei, oder einfach Menschlichkeit, gelebt oder eben unterdrückt, schnürten feste Bande zwischen Kalina und Christoph.

Zwischendurch ein Telefonat mit Nicole. Christoph versucht, ihr Dinge aus seinem Studium zu erklären und zu erläutern.
Nicole ist genervt.
Sie wird laut, pöbelt schon fast:
»Was willst Du eigentlich von mir?« -
»Weiß ich auch nicht so genau!«

Kalinas Gesicht war fein und knabenhaft geschnitten, nur bei Ausbrüchen der Heiterkeit verrieten ihre Zähne unverhohlen, dass sie schon so manche Stunde mit ihren Körper angreifenden Genüssen zelebriert hatte. Allein, das vermochte Christoph nicht abzuschrecken, im Gegenteil: Er honorierte ihre Lebenserfahrung, welche eben ihre Male hinterlassen hatte. Seinen hochmütigen Ekel vor den Spuren des Lebens hatte er längst ablegen können.

Telefonat (spontan) an einem Mittwoch:
»Ja?« -
»Hallo, Lara, hier ist Christoph. Geht's Dir gut?«
»Ja.«
»Mir geht's auch gut.«

Christoph und Kalina gehen spazieren.

Die große Runde abseits der Hauptstraße.

Einen Hund, dem sie begegnen, spricht Kalina auf Polnisch an.

Christoph berichtet von seinem Telefonat mit Lara:

»Das war das! – Jetzt bist *Du* dran!«

Kalina umarmt Christoph intensiv, erleichtert und herzlichst, was seine Hoffnungen auf eine Fortführung ihrer Affäre ein weiteres Mal nährt.

Immer wieder mischt sich unverhohlen ein Gefühl von Triumph in Christophs aufrichtige Freude, eine so junge Frau erobert zu haben.
Kalina indessen empfindet sich keineswegs als jung.
Triumph und Chauvinismus... – Fast schämte er sich dafür.

Vier Uhr morgens. Telefon. Christoph schleppt sich aus dem Bette, halb genervt, halb froh, dass jemand etwas von ihm will. Kalina ist am

Apparat. Sie fragt Christoph, ob er Zeit und Lust hätte auf ein Treffen.

Ja, er ist dazu bereit.

Sie treffen sich mitten in der Nacht an einer Brücke, welche über den Teltowkanal führt.

Sie schließen die Fahrräder an.

Gierig funkeln Kalinas braune Augen in die Nacht.... –

Sie schlendern über den Jahrmarkt im Bäkepark. Der Spaziergang am Teltowkanal wärmt Christophs Seele. Der Vollmond trägt seinen Teil bei zur romantischen Nacht.

Das Händchenhalten am Mäusebunker vermag Christophs dunkle Gedanken zu zerstreuen. –

Unsicher geworden ob der Festigkeit und Haltbarkeit ihrer amourösen Verbindung, schreit Christoph Kalina fast an:
»Liebst Du mich denn noch?« -
Sie brüllt zurück: »Natürlich!«

Malen... –
Vasen, Blumen, Karaffen.
Christoph lässt sich von der Wildheit der Farben betören.

Ob er eines Tages die gleiche Leidenschaft zu spüren imstande sein würde, wie in diesen glücklichen, glühenden Tagen mit Kalina?

Malen... –
Nach der Arbeit trinken, tanzen zur Entspannung.

Zunächst nur zögernd, vorsichtig tastend sich berührend, um dann jedoch zunehmend wilder und leidenschaftlicher über sich herzufallen, kommunizierten ihre gierigen Körper.

Am Telefon.
»Was machst Du so?« - »Gar nichts. [...] Ich leg' jetzt mal auf.«

Malen... –
Das war ihr beider ein und alles geworden, hier verstanden sie einander, und jedes noch so gescheite Wort wurde überflüssig.

Sie waren glücklich.
Ehrlich.
Für einen Moment.

Oder für immer?

In ihrer Erinnerung?

Malen... – Kalina macht Fortschritte... –
Denkt Christoph.
Warum sollte sie genauso malen wie er?
Einfach nur Striche und Kugeln, war dies die ultima ratio der
Philosophie in der Kunst?

Abschied.

Ein Kuss, der nicht weiß, wohin.

Auf die Wange, auf den Mund?

Jedenfalls: Ein Abschied ohne Reue.

Fester Wille, sich wiederzusehen.

Beiderseits.

Malen.
Allein.
Ein Anruf aus dem Krankenhaus.

Bitte um Kurzbesuch im St. Marien.

Auf dem Rückweg aus dem kleinen Krankenhauspark in Kalinas Zimmer unternimmt Christoph auf dem Flur den Versuch, seinen Arm um ihre Taille zu legen.

»Willste mir angraben?«

»Na klar!«

»Schaffste nich!«

Frank war ein gut gebauter, muskulöser junger Mann mit einem lebhaft ausdrucksstarken Gesicht, welches in seiner Schönheit einzig durch die ein wenig schief gestellten Zähne gemindert wurde.

Freundschaftlich lodernden Schrittes machten sich die beiden auf den Weg zu seiner Datsche. Dort angekommen, bot Frank Christoph erst einmal ein Bier an, welches dieser dankend entgegennahm, um sich sogleich in unmittelbarer Nähe des

Kamins niederzulassen. »Können wir Feuer machen?« fragte er Frank, welcher fast schon dankbar bejahte. Es schien, als seien hier zwei Menschen mit demselben Geschmack aufeinandergetroffen. –

Frank, erleichtert, dass er einen willigen Zuhörer erfolgreich in seinen Garten hatte lotsen können, begann nach dem Entzünden von ein paar Holzscheiten zu erzählen. Und er hatte viel zu erzählen, denn er hatte so Einiges an Erfahrungen machen dürfen: Die Wiedervereinigung mit achtzehn Jahren, seine vier Jahre bei der Bundeswehr samt Auslandseinsatz im Kosovo. Christoph seinerseits hörte gespannt und aufmerksam zu. Frank stockte unterdessen in seinem Redefluss. Irgendetwas Einschneidendes musste er dort unten erlebt haben, was er nur schwer hatte verarbeiten können, das spürte Christoph. »Lass' uns schweigen, und ins Feuer schauen.«, schlug er Frank vor, welcher einwilligend nickte. So nährten die beiden Auge und Seele an den funkelnden Flammen im Kamin... –

Die Pizzeria neben dem Supermarkt gehörte einem promovierten Mikrobiologen aus dem Norden Italiens. Ein wenig verrückt, funkelten seine intelligenten Augen, sobald er

Christoph erblickte, welcher nach durchlebter Leidenschaft anregende Entspannung suchte.

Der junge eloquente Leutnant hatte Frank im Kosovo befohlen, zur Zersetzung der Moral des Feindes auch auf Frauen und Kinder zu schießen, um sie zu töten.

In der Pizzeria waren neben einem Steinofen zur Bereitung frischer, selbstgemachter Pizzen auch Kandinsky, van Gogh und Albert Camus anzutreffen. »Hier lässt sich's leben«, dachte Christoph, und genoss die intellektuellen Gespräche mit dem untersetzten, leicht dickbäuchigen Inhaber.

»Verfickter Krieg hier!«, dachte Frank bei sich, und entschloss sich, dem Befehl des Leutnants mehr als nur Widerstand entgegenzusetzen. Er würde verweigern, auf Frauen und Kinder zu schießen, mit allen Konsequenzen.

Kalina ist weit weg.

Der Sold kann sich sehen lassen.

Vor den Augen Aller entlässt Frank eine Kugel aus seinem Revolver in Richtung des jungen Leutnants. Sie verfehlt dessen Haupt gerade mal um zehn Zentimeter. Aufgeschreckt und dienstbeflissen richten durch den Vorfall verängstigte Mannschaftssoldaten ihre Gewehre auf Frank. Dieser hält unbeeindruckt weiter seine Dienstpistole auf den Leutnant gerichtet: »Nehmt die Gewehre runter, der nächste Schuss sitzt!« -

Als sie mit den Fahrrädern zurück fahren an die Bushaltstelle, hatte Kalina einst in die anbrechende Nacht getrötet: »Uns gehört die Welt!«

Der junge Leutnant schwitzt nicht nur, seine Hose verdunkelt sich zwischen seinen Beinen, als ob er gleich sterben müsse. – Die Soldaten erkennen den Ernst der Lage und nehmen ihre Gewehre herunter.

Später, vor dem Kriegsgericht, lässt der Richter Frank die Wahl zwischen Militärgefängnis und einer unehrenhaften Entlassung aus der Bundeswehr samt Degradierung. –
Frank entscheidet sich für letzteres. Nach der Verhandlung nimmt der Richter Frank beiseite und wispert ihm zu: »Solche Menschen wie Sie, mit echter Zivilcourage, brauchen wir dringend!«

Das Feuer im Kamin lodert nur noch mit kleiner Flamme.
Die Sonne, welche das dreitürmige Kraftwerk beschienen hatte, ist inzwischen untergegangen.
»Willst noch'n Bier?«
»Klar!« -
So sitzen sie noch bis lange in die Nacht, meist schweigend, vor der noch leicht züngelnden Glut im Kamin, in einer Datsche in Lichterfelde... –

Eines Tages ist Christoph mal wieder mit den Öffentlichen in Berlin unterwegs. Am U-Bahnhof Yorkstraße macht er eine kurze Pause, um sich eine Zigarette zu gönnen. Da erblickt er jemanden, einen Menschen. Es ist ein hagerer, fast schon kleiner Mann, um ein paar Jahre älter als Christoph, mit einem charaktervollen Gesicht.

Sein Name war Karol.

Christoph sprach ihn an, und bemerkte neben seinem bayerisch getönten Dialekt, dass er - ebenso wie Christoph – dringend dieser kleinen Zigarettenpause bedurfte. Da er Christoph sympathisch war, überreichte er ihm eine Visitenkarte seines Instituts für Kommunikationsethik, dessen Motto lautete: »Die Würde des Menschen sei unantastbar...« -

Kalina hat Geburtstag. Sie wird gerade einmal zweiunddreißig Jahre jung. Christoph indessen zählt schon achtundvierzig Lenze. –

In dem Park der Klinik stand etwas abseits von den Spazierwegen ein runder Holzpavillon von etwa fünf Metern Durchmesser, in dem man vortrefflich erholsame und anregende Stunden verbringen konnte.

Christoph hat Kalina Ölfarbenfarben und eine kleine Leinwand mitgebracht. Gemächlich sortiert sie Farben und Pinsel auf den runden Tisch, dazu eine kleine Palette aus Pappe. In aller Ruhe beginnt Kalina zu malen im Holzpavillon.

»Ja, über Würde sollte man einmal ernsthaft nachdenken...« - Der hagere Bayer runzelt grüblerisch die Stirn, nach einer Weile bittet er Christoph um Feuer.

Kalina entscheidet sich für Farbtöne um und beim Orange. Entspannt beginnt sie, die Farben zu mischen. Auf der kleinen Leinwand entsteht ein Herz... –

Bei den folgenden Treffen mit diesem ebenso interessanten wie charismatischen Menschen wurde vornehmlich gezecht und getanzt - die Freude, welche in ihrer beider Herzen ob der neu gewonnen Bekanntschaft oder gar Seelenverwandtschaft aufflammte, wollte ihren Ausdruck finden.... -

Bis zu ihrem nächsten Treffen vergehen ein paar Wochen, welche Christoph mit Lesen, Malen und Schreiben zu nutzen weiß.

Eine Dissertation ist fertig zu stellen.

Kalina hatte ihn für diesen »Spagat« immer bewundert: Hier die Wissenschaft, dort das profane Leben.

Sie und Christoph verlassen die Klinik, bestückt mit einer großen Tasche, in der sich ihre Habseligkeiten befinden. Christoph spielt den Gentleman. Er trägt ihr die Tasche, während Kalina laut über Möglichkeiten räsoniert, wo und bei wem sie denn Unterkunft finden könne. Christoph hört geduldig mit einem Ohr zu, freut sich mit ihr über die neu gewonnene Freiheit, und lässt sie ihre vagen Pläne schmieden.

Die Tasche ist schwer.

Die Straße nimmt kein Ende.

Christoph nimmt sich zusammen... –

Nach dem längeren Fußmarsch die große Chaussee entlang, welcher ihn mehr anstrengt als sie, erreichen sie hinter der Einkaufszeile mit Supermärkten ein italienisches Restaurant. Christoph hält Kalina die Tür auf, und sie nehmen an einem Tisch am Fenster Platz.

Der freundliche Kellner zwinkert den Flirtenden höflich zu, während er ihre Bestellung aufnimmt.

»Lebe Deinen Traum!«, scheinen ihre Augen ihm

zuzuflüstern, während in der Küche das Essen bereitet wird. –

Ihre ebenso anregende wie offene Unterhaltung lässt alle Themen zu: Eltern, Verwandte, Kinder, Lebenspläne, Alkohol, Freunde, Liebschaften, Ernährung, Abstinenz, Stadt, Land, Fluss... –

Die Fahrt mit der S-Bahn nach Pankow nimmt eine ganze Stunde in Anspruch. Christoph freut sich auf seinen Besuch bei Karol, das Kochen, die Musik, den Tanz und die anregenden Gespräche im vierten Stock... –

Kalina wühlt nervös bis panisch in ihrer großen Tasche.
Christoph genießt seine Spaghetti Karbonara.
Sie hatte Spaghetti mit Öl und Knoblauch bestellt, die nun drohen, kalt zu werden.

Kalina fasst sich ein wenig und säuselt ihn fast schon flehend an: »Ich will Dich nicht verlieren!« - Christoph erwidert, weise räsonierend: »Unsere Gefühle verlieren sich, wir verlieren uns nicht!«

Einmal stellte sich bei gegenseitigen Erzählungen heraus, dass der Ältere ein ZEN-Mönch war, was seine Anziehungskraft auf den Jüngeren nur noch verstärkte. Den seine buddhistischen Prüfungen belegenden Nachweis in Form einer ziemlich großen Urkunde in fernöstlicher Schrift hatte er neben den Kohleofen an die Wand gehängt.

Wieder Malen.

Entspannung beim Mischen der Farben.

Kalina bleibt ihm im Geiste der Kunst treu, ihre sensible Seele ist bei ihm, obschon sie ihn längst verlassen hat... -

Es ging um Freiheit.

Vermeintliche Freiheit.

Christoph zumindest.

Kunst.

Verteidigung der Freiheit.

Christoph gewöhnt sich an die lange Fahrt von Lichterfelde nach Pankow. Ihm kommt es wie eine kleine Reise vor, mit der er sich zu entführen weiß aus seinem Elfenbeinturm.

Auf ihrem Zimmer im Krankenhaus stehen sie einen Monat später schweigend am Fenster und blicken lange in die untergehende Sonne.
»Ich fühle mich so leer«, sagt Kalina, ihren Blick von der Sonne zu ihm wendend.
»Das ist ein sehr guter Zustand.«, lächelt Christoph sie wohlwollend an.

Ein letztes Mal liebkost Christoph Kalinas lieblichen Hals und ihre knabenhafte Wange.

»Was machst Du da?«, entrüstet sie sich. –

»Knutschen!« –

Immer wieder hatte Christoph versucht, sich Kalina körperlich zu nähern, was sie ihm mit mittelschweren Wutausbrüchen quittierte.

Christoph lässt von ihr ab, schmerzlich sich beherrschend.

»Ich werd' dann mal gehen.«

Keine Reaktion.

»Mach's gut.«, sagt er zu Kalina und wendet sich zur Tür.

Ungerührt und schweigend, nicht einmal wütend oder aufgebracht, lässt Kalina Christoph von dannen ziehen. Leise fällt die Zimmertür hinter ihm ins Schloss.

Sie haben sich nie wieder gesehen.

Eines Abends – Karol und Christoph kehrten gerade von Einkäufen zurück – schien durch das Fenster einer Nachbarwohnung noch ungewöhnlich buntes Licht, welches zuweilen auch flackerte. Der Mönch sagte: »Oh, da ist Party, da gehen wir nach dem Essen noch hin!«

Christoph ist wieder allein.
Fast.
Ohne seine neue Bekanntschaft in Pankow und seine Erinnerungen an die gute bis stürmische Zeit mit Kalina wäre es zum Verzweifeln gewesen.
Nur Bücher und Wissenschaft, er wäre verdorrt wie eine vergessene Pflanze, die kein Wasser mehr bekommt.
Natürlich war Christoph seine Dissertation wichtig, und er war von der Notwendigkeit, dieses Buch zu einem Ende zu bringen, mehr als überzeugt. Daneben jedoch schlug noch ein anderes Herz in seiner Brust, welches nach Leben dürstete.

Leben, pur und rein, intensiv und manchmal hart, danach war seine Sehnsucht nach entbehrungsreichen Jahren der Kasteiung stetig angewachsen. Immer nur lesen und schreiben, wer sollte das aushalten?

Karol und Christoph kochten und aßen also in aller Ruhe, um sich dann, von ein wenig Schüchternheit zu einem zurückhaltenden Auftreten genötigt, an der Türe zu klingeln, hinter der verheißungsvoll angenehme Musik loderte. Es wurde geöffnet, und nach kurzer Vorstellung wurde den beiden von dem bärtigen, stämmigen Gastgeber Einlass gewährt. So traten sie alsbald in die gute Stube. Der Anblick, welcher sich ihnen darbot, war verlockend phantastisch: Aus den Zimmerecken lachten ihnen blanke Frauenbusen entgegen, überall standen Wein- und Wodkaflaschen zur Selbstbedienung herum, und die freundlich geweiteten Pupillen des Gastgebers verrieten seine neugierige Aufgeschlossenheit den beiden fremden, gerade erst erschienenen Gästen der »Party« gegenüber.

»Hey, hallo, und guten Abend!« - Die Augen junger Frauen leuchten die beiden gut bis vornehm gekleideten Nachtschwärmer freundlich einladend an.

Die Dissertation ist nahezu fertig gestellt. Sein Portemonnaie leer. Sein Lebensdurst nahezu gestillt. Christoph fühlt sich wohl als Wanderer zwischen den Welten... –

Es ist unklar, ob Patrizia allein oder in Begleitung die Party besucht, jedenfalls beginnt sie ungeniert, Christoph schöne Augen zu machen, mit ihm zu flirten. Dieser erwidert ihre Avancen mit einer Aufforderung zum Tanz. Die Beatles, »All you need is love«, tönt es aus den Lautsprechern. Bis zur Erschöpfung wirbelt Christoph Patrizia um sich herum... –

Die Treffen mit dem betreuenden Professor werden ihm fast zur Last. Manchmal schimpft der gar mit ihm, er könne nicht zuhören. Verführerisch der Gedanke, einfach hinzuschmeißen, die Wissenschaft Wissenschaft und Gott einen guten Mann sein zu lassen, doch dann hätte Christoph dreizehn Jahre lang ins Leere geschrieben, umsonst gelitten, vergebens gestrebt. Ein wenig widerwillig, übt er Disziplin... –

Ohne Eifersucht überlies Christoph Karol die Angebetete zum Tanze, zumal ihn seine mit dem Alter anwachsende körperliche Unpässlichkeit in seine Grenzen wies.

In einer Pause zwinkert Patrizia ihn vielsagend an: »Es kann heute Nacht noch viel passieren!«, – Christoph fährt sie fast schon cholerisch an: »Bevor mit mir etwas passiert, musst Du 10 Stunden zuhören!« Patrizia zuckt zusammen und macht erschreckt große Augen... –

Christoph indessen erinnert sich an den Text eines Liedes, welcher ihn einmal sehr bewegt hatte:

There' a girl in the back,
Makin' eyes at me,
And her hair, short and black
Is a sight to see,
But I get kind of scared,
When love's around,
So I'll stay with the groove, till the sun goes down... -

»All you need is love«… -
Patrizia und Christoph tanzen liebestrunken in den Morgen... –
»Zu Dir fällt mir nichts mehr ein... - «

Es dämmert.
Er malt ihr seine Skizzen... –
Kalina hatte er über diese lustvolle Nacht vergessen können.

Christoph fährt zurück in seine kleine, verwahrloste Wohnung.

Er trinkt seine letzten Biere.

Bei Kerzenschein und Dave Brubeck: Take Five.

Endlich Ruhe!

Nachdenken, sich erinnern.

Schwelgen. Nur ein wenig noch schwärmen... –

Von Patrizia? Von Kalina? Oder gar von Nicole?

Er wird sich nie wieder verlieben, das steht fest.

Christoph zerfließt in Liebe. –
Ohne Schmerzen.
Kalina hatte ihm das ewige Leben geschenkt.

Кристиан Ферх, 2013 - 2017

Sich erinnern ist immer von Nutzen.
Man kann es kaum jung genug tun.   Klaus Mann

(Kalina ist eine obdachlose Frau, die zwei Kinder hat.
Sie wird ihr unstetes Leben weiter leben.
Ich werde für sie beten.)

                               Dr. Christian Ferch

© 2017

Herstellung und Verlag: BoD – Books on Demand, Norderstedt.
ISBN: 9783743151871

MIX
Papier aus verantwortungsvollen Quellen
Paper from responsible sources
FSC® C105338